DIALOGUE

ENTRE

DEUX OUVRIERS

ÉCRIT SOUS LEUR DICTÉE

SANS QU'ILS S'EN FUSSENT APERÇU

PUBLIÉ

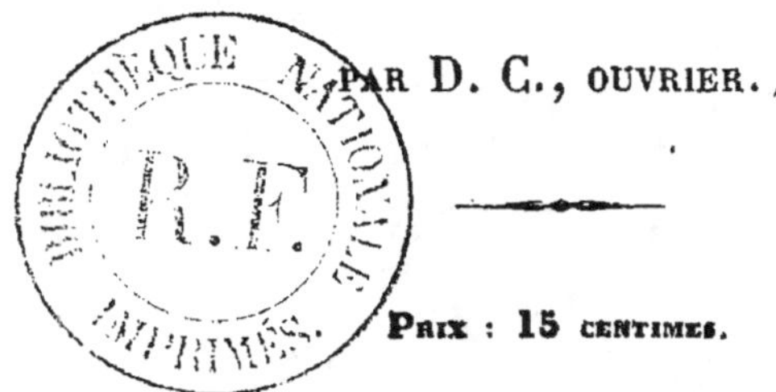

PAR D. C., OUVRIER.

Prix : 15 centimes.

AU PROFIT DES OUVRIERS.

PARIS,

CHEZ LES MARCHANDS DE NOUVEAUTÉS.

1848.

SAINT-CLOUD. — IMPRIMERIE DE BELIN-MANDAR.

DIALOGUE

ENTRE DEUX OUVRIERS.

La semaine dernière, j'allai me promener du côté de Vincennes. Pressé par la soif, j'entrai chez un marchand de vins en dehors de la barrière; à peine étais-je assis à une table que je vis arriver deux jeunes gens de bonne mine qui discutaient avec beaucoup de feu (ils passèrent dans une pièce voisine de celle que j'occupais); leur langage annonçait qu'ils avaient reçu une certaine instruction. Curieux de savoir le sujet de leurs discussions, je prêtai une oreille attentive à leur conversation. Comme j'entendais qu'ils parlaient politique, je pris mon crayon et quelques feuilles de papier que j'avais dans ma poche; et là j'écrivis sans qu'ils s'en doutassent et presque mot pour mot leur vif dialogue. Si ces lignes tombent sous les yeux de mes deux personnages, j'espère qu'ils me pardonneront mon indiscrétion. Si ces quelques lignes produisent quelque bien, eux seuls en seront les auteurs.

Alexandre et Ernest sont les noms de nos deux interlocuteurs. Alexandre paraît avoir été un des plus ardents à proclamer la République en février. Ernest ne paraît pas partager fortement les opinions républicaines d'Alexandre.

Ernest. Mais dis-moi donc, Alexandre, est-ce ainsi que tu entends la République que tu nous as proclamée au mois de février? Crois-tu que depuis que nous avons mis la monarchie à la porte nous en sommes plus heureux? Pour ma part, je t'avoue que je ne partage pas cette opinion, je vois la misère presque frapper à ma porte, et combien de temps cela doit-il durer encore? Depuis que tu nous a crié vive la République, je n'ai fait que pour 100 francs d'ouvrage, et j'ai cependant une femme et deux enfants à nourrir, et tu crois qu'avec 100 francs dans huit mois, nous avons pu manger notre suffisance tous les jours, sans compter que les frais d'entretien et le loyer sont pour quelque chose dans le ménage.

Alexandre. Il te faudrait peut-être encore de la monarchie à toi, tu n'en as peut-être pas encore assez eu comme ça; eh bien, sois tranquille, je te réponds que la monarchie en France est morte, et pour longtemps. Du reste, tu as dû entendre dire que le trône avait été brûlé, et tu conçois que si jamais il y avait quelqu'un qui prétendît y revenir, ce ne serait pas pour s'asseoir par terre comme font les rois et les empereurs des pays sauvages.

ERNEST. Ta réponse ne me paraît pas bien juste, Alexandre; tu dis qu'il n'y aura plus de monarchie en France, qu'elle est morte et pour longtemps; je te demanderai si l'on n'aurait pas pu en dire autant en 1792 quand la monarchie fut tombée. Eh bien ! onze ans passèrent; et la République avait disparu. Et puis tu prétends aussi qu'il n'y aura plus de monarchie en France parce que le trône a été brûlé. Je crois que ce trône pourrait bien renaître de ses cendres. Ce n'est pas que je le désire absolument; je m'accommoderais assez bien de la forme républicaine, je la bénirais même si elle devait nous rendre plus heureux et meilleurs, mais je tremble à l'idée des malheurs qui nous menacent quand j'entends proclamer ces maximes qui sont la ruine de tous gouvernements et qui plongent les sociétés dans un abîme de maux, quand je vois des hommes se donnant le nom de frère s'entr'égorger, quand celui qui est pauvre porte un œil d'envie sur celui qui possède et le regarde comme un voleur. Avec de pareils sentiments penses-tu qu'une république puisse se fonder sur des bases solides?

ALEXANDRE. Ah! toi, tu es encore comme ceux qui veulent le respect de la propriété; mais tu ne sais donc pas que nous ne nous servons du nom de République que pour arriver plus facilement au partage des biens. Et de quel droit ne serais-je pas aussi propriétaire, moi?

ERNEST. Arrête, arrête, ne crie pas si fort contre la propriété. Ecoute, mon père, tu le sais, est propriétaire d'une petite maison et d'un petit morceau de terre (dans le département de la Moselle), propriété qu'il a gagnée à la sueur de son front en prolongeant ses veilles au delà de ses forces, et tu voudrais que mon père partageât cette propriété avec un tas de fainéants, de vagabonds, d'escrocs, de voleurs, qui fuient le travail comme la peste; tu voudrais que cette classe de la société fût aussi propriétaire, elle, l'ennemie du travail. Remarque bien que ce n'est pas en prenant ce qui est à autrui, qu'on diminue le nombre des pauvres (1); chacun a droit de conserver ce qu'il a, sans quoi personne ne posséderait rien. Mais chacun a droit d'acquérir par son travail ce qu'il n'a pas; sans quoi le travail, la propriété personnelle de

(1) N'en déplaise au citoyen Proudhon.

l'homme ne serait d'aucune valeur. Ce n'est pas en ruinant ceux qui donnent du travail que le salaire sera augmenté.

ALEXANDRE. Ah , mon pauvre Ernest, avec un raisonnement comme le tien nous n'arriverons jamais à rien ; tu ne t'aperçois donc pas que nous ne nous servons des mots de liberté, égalité, fraternité, que pour arriver plus facilement au but que nous nous proposons ; alors tout le monde sera heureux : plus de pauvres, plus de riches, voilà où nous voulons arriver.

ERNEST. C'est bien positivement parce que je m'aperçois que parmi ceux qui tiennent ce langage il y a des intrigants et des ambitieux, qui , manquant de talent pour arriver par des voies honnêtes à acquérir des richesses , veulent tout bouleverser pour assouvir leur ambition, et en second lieu, des hommes simples qui, se laissant tromper par des espérances insensées , préparent sans le savoir des calamités sans nombre pour leur patrie, que je crie contre. Tu crois faire disparaître les pauvres en faisant disparaître les riches, et rendre tout le monde heureux; alors ce sera l'égalité dans la misère, car vouloir qu'il n'y ait plus de pauvres c'est tenter l'impossible. Il faudrait premièrement faire disparaître tous les vices, ce qui n'est pas au pouvoir de l'homme; sans cela il y aura toujours des fainéants et des hommes économes et laborieux, par conséquent toujours des pauvres et des riches. Et puis comment rendre tout le monde heureux, comment faire disparaître cette douleur qui est attachée à la vie humaine, et suit l'homme dans toute l'étendue de sa carrière, soit qu'il s'élève, soit qu'il s'abaisse. Interroge tous les cœurs, depuis le plus petit jusqu'au plus grand, et réponds. N'entends-tu pas qu'ils te disent tous qu'il leur manque quelque chose. Admirable organisation de la nature qui a su verser dans tous les cœurs cette égalité de souffrance. Ne voit-on pas tous les jours des hommes ne possédant rien, vivant au jour le jour, mille fois plus heureux et plus tranquilles que celui qui possède. La liberté que tu nous a criée il y a huit mois est écrite sur une feuille de papier, affichée à tous les carrefours. Est-ce que la liberté est un placard qu'on lit au coin des rues.

ALEXANDRE. Je vois que tu ne veux pas me comprendre; mais quand nous aurons secoué le joug de toute autorité établie, nous serons arrivés à l'âge d'or, et les biens seront aussi communs que l'air et la lumière.

ERNEST. Je comprendrais ton raisonnement avec plaisir s'il était juste, mais dire que quand nous aurons secoué le joug de toute autorité nous serons arrivés à l'âge d'or! Moi je dis, que quand nous aurons secoué le joug de toute autorité, nous serons arrivés où les hommes ne respireront sur le globe que le meurtre et le pillage, c'est-à-dire, que sans des lois et un pouvoir pour les faire exécuter, nulle société ne saurait vivre; ce serait établir l'anarchie la plus affreuse sur les débris de toute autorité.

ALEXANDRE. Mais la violence qui nous mettra en possession de la liberté, n'est pas la violence féroce des voleurs et des brigands, mais une volonté ferme, inflexible, un courage calme et généreux.

ERNEST. Ce n'est là qu'une erreur étrange. Est-ce qu'il se peut que cette volonté ferme, inflexible, ne s'exercera que par des cœurs honnêtes. Est-ce que celui qui possède se laissera dépouiller sans résistance. Ne vois-tu pas que c'est la guerre civile que cela? Ces prétendus réformateurs, cette race d'hypocrites qui ose s'arroger le titre pompeux de sages, qui préparent les révolutions politiques, et qui se sert du bras des peuples pour les exécuter, en ne cessant de nous répéter que notre salaire ne suffit point, afin de nous pousser à l'insurrection meurtrière. Ainsi nous soulève-t-on contre les lois sages nées de l'expérience des siècles pour nous opprimer ensuite par les lois nées du renversement de l'ordre et au sein de l'anarchie. Et c'est nous toujours qui payerons de notre sang et de notre vie, ces révolutions que nos agitateurs exploitent à leur profit en cherchant à s'emparer de l'or et de la puissance.

ALEXANDRE. Je crois m'apercevoir que tu tiens le langage des aristocrates; tu ne sais donc pas qu'il faut que nous les mettions tous à bas, et vive la République démocratique et sociale !

ERNEST. Ah! te voilà maintenant avec ton socialisme; mais mon Dieu! si ce socialisme était possible, s'il était possible que tout le monde fût riche, est-ce que celui qui a créé le ciel et la terre n'aurait pas arrangé cela, est-ce qu'il aurait suspendu son œuvre à moitié? Est-ce qu'il aurait attendu le XIXe siècle pour faire connaître aux peuples leurs droits et leurs devoirs ; ce socialisme, dont on nous parle tant depuis le cri de liberté (1). Et comment peux-tu ajouter foi à ce que te prêchent des hommes qui nient l'existence de Dieu, qui s'ils osaient nieraient aussi l'existence du soleil. As-tu vu ce passage de ce bon M. Proudhon niant la Divinité?

(1) Et quels sont les bienfaits rendus à l'humanité par les Louis Blanc, les Proudhon, les Raspail et Compagnie? ne devrait-on pas au moins attendre qu'ils eussent réalisé leurs promesses pour les mettre au rang des saint Vincent de Paul, des de la Salle et tant d'autres, ces bienfaiteurs de l'humanité.

Alexandre. Non.

Ernest. Eh bien, le voici; écoute, et ensuite je te laisserai faire les réflexions que ton bon sens t'inspirera, et j'espère que tu feras justice (1). « Dieu, s'il existe, est essentiellement hostile à notre nature, et nous ne relevons aucunement de son autorité. Nous arrivons à la science malgré lui, au bien-être malgré lui; chacun de nos progrès est une victoire dans laquelle nous écrasons la Divinité. Dieu, te voilà détrôné et brisé; ton nom, si longtemps l'espoir du pauvre, le refuge du coupable repentant, ce nom, désormais voué au mépris et à l'anathème sera sifflé parmi les hommes; car Dieu c'est sottise et lâcheté, hypocrisie et mensonge, tyrannie et misère; Dieu, c'est le mal. Tant que l'humanité s'inclinera devant un autel, l'humanité sera réprouvée. Dieu, retire-toi; car dès aujourd'hui, guéri de ta crainte et devenu sage, je jure la main étendue vers le ciel que tu as été le bourreau de ma raison. La conclusion de la science sociale est celle-ci : il n'y a pour l'homme qu'un seul devoir, qu'une seule religion, c'est de renier Dieu. Que le prêtre se mette enfin dans l'esprit que la véritable vertu, celle qui nous rend digne de la vie éternelle, c'est de lutter contre la religion et contre Dieu. La propriété c'est le vol! »

Ernest en fureur. Je ne continue pas plus loin, car je me révolte à la lecture d'un écrit aussi infâme et aussi impie. Du reste, je crois t'en avoir lu assez pour que tu puisses en juger.

Alexandre. Ah! je n'avais pas vu cela! Oui, je conçois que ce n'est pas là le langage qu'il devrait tenir; mais laissons cela de côté.

Ernest. Ta réflexion est bientôt faite. Eh bien, crois-tu que ces sortes d'hommes qui tiennent un pareil langage peuvent rendre le peuple réellement heureux; des hommes qui, au lieu de resserrer des liens qui feraient le bonheur des peuples, ne font que les briser en les séparant de cette foi chrétienne qui faisait le délice de nos ancêtres, et qui seule peut faire ici-bas la consolation de l'homme, et sans laquelle leur doctrine antichrétienne disparaîtra au premier souffle d'orage, ne laissant dans les cœurs que regrets et amertume ; car elle n'a pas pour base la vérité fondamentale, unique objet sur lequel puisse se fonder quelque chose de solide et de durable.

Alexandre. Ne répondant pas.

Ernest. Je crois que tu m'as dit qu'il fallait mettre les aristocrates à bas.

(1) Ernest tire un livre de sa poche et lit.

ALEXANDRE. Oui, et le despotisme des rois et des prêtres et la vermine monacale. A bas toute cette clique!

ERNEST. Comment oses-tu prononcer de telles paroles; mettre à bas le despotisme des rois et des prêtres et la vermine monacale! Je vois bien que tes sentiments ne sont plus les mêmes, tu es tombé dans le piége de ces prétendus réformateurs. A bas les aristocrates! mais dis-moi, est-ce qu'un aristocrate ne vaut pas un démocrate pour que tu cries à bas; eh bien, moi, je dis vive tout le monde, et je crois que c'est là la meilleure fraternité; car si tu cries, vivent les uns et à bas les autres, ce n'est plus là de la fraternité. Tu trouves donc qu'il y a trop d'aristocrates?

ALEXANDRE. Oui.

ERNEST. Eh bien, moi, je trouve qu'il n'y en a pas assez; je voudrais que tout le monde fût aristocrate, et je crois que le commerce n'en irait pas plus mal; car en définitive, est-ce que ce ne sont pas les aristocrates qui nous font travailler; moi je n'aime pas tous ces démocrates qui disent liberté! liberté! et qui la détruisent par leurs œuvres en y substituant la licence effrénée mille fois plus funeste que le plus cruel despotisme.

ALEXANDRE. Tu vas peut-être te faire le défenseur des aristocrates et des rois? Veux-tu finir, mets-moi donc tout ça à bas.

ERNEST. Je me garderai bien de me faire leur défenseur; seulement je me ferai partout et en tout le défenseur de la justice, parce que je veux la liberté et non pas la licence.

ALEXANDRE. Mais nous aurons la liberté quand nous aurons abattu tout cela.

ERNEST. Quand vous aurez abattu tout cela, ce qui, grâce au ciel, n'arrivera jamais, vous aurez vos réformateurs qui vous gouverneront avec une verge de fer; car la liberté sanguinaire du démocrate fait place, tôt ou tard, à la sanglante oppression du despote.

ALEXANDRE. Je vois que ce que je te dis c'est comme si je me frappais la tête sur le pavé, je ne pourrai jamais te faire entendre raison avec des idées comme celles que tu as.

ERNEST. Je crois effectivement que je ne comprendrai jamais des idées comme les tiennes que pour les combattre, car elles me paraissent toutes plus absurdes les unes que les autres. Abattre le despotisme des rois! mais est-ce que la Providence ne s'est pas servi des rois pour jeter insensiblement dans la succession des peuples cette liberté véritable et tant désirée. Il n'y a que les princes bons qui donnèrent au peuple cette liberté, car elle naît toujours au sein de l'ordre dont elle est le fruit et le plus bel ornement.

Alexandre. Décidément te voilà le défenseur des rois.

Ernest. Non, je ne suis pas le défenseur des rois, mais je défends la liberté contre la tyrannie, et je crois qu'il n'est pas nécessaire de bouleverser tout et de s'exposer à tout, pour substituer une tyrannie à une autre tyrannie. Sont-ce ces hommes sans idées, sans principes généreux, qui au lieu de chercher à apaiser nos souffrances ne font que les irriter, des hommes qui ont passé leur vie entière à conspirer, qui conspireront sous tous les gouvernements jusqu'à ce qu'ils arrivent au pouvoir, sont-ce ces hommes qui nous donneront la liberté. Ils trompent toujours le peuple, le nom du peuple est toujours dans leurs bouches, mais dans leurs cœurs, rien, rien. Le peuple c'est eux, et pour étancher leur soif de l'or et de la puissance, ils boivent le sang du peuple en lui faisant briser des trônes. Ils ne voient que leur ambition personnelle.

Alexandre. Tu devrais te faire aussi le défenseur des prêtres et de la vermine monacale, car ça te va à merveille.

Ernest. Défendre les prêtres! leur défense se trouve dans leurs actions. Suis la vie du prêtre, et tu le verras. Je sais qu'il y a quelques exceptions comme dans toutes les classes de la société, mais il ne faut pas pour quelques membres que le corps tout entier en soit responsable. Tu le verras passer sa vie, non pas à conspirer, lui, pour arriver à de vains honneurs; mais passer sa vie entière à étudier, instruire et visiter de pauvres malades. N'est-ce pas là une défense qui parle plus haut que tous les éloges que l'on pourrait faire en leur faveur. Ce que tu viens de dire, m'entraîne naturellement à en parler plus que je ne l'aurais fait, parce que je crois que tu as été induit en erreur. Tu dis : A bas le despotisme des prêtres; voyons ce que c'est que le prêtre, car voici un nom qui depuis bien longtemps excite de bien vagues rumeurs. Dis-moi, qui est-ce qui visite le pauvre sur son grabat, lui porte des paroles de paix et de consolation? Sont-ce les prétendus réformateurs de nos jours qui poussent les masses à l'insurrection meurtrière en lui faisant maudire son sort. Est-ce que le prêtre n'est pas le frère de l'ouvrier. Ce n'est plus, comme autrefois, le deuxième ni le troisième fils de la famille riche de la maison opulente qui est prêtre, c'est le frère de l'ouvrier, c'est le frère du soldat, c'est le fils de la pauvre veuve, qui file depuis le matin jusqu'au soir pour subvenir aux frais de son éducation cléricale. Le despotisme des prêtres! mais n'est-ce pas lui qui a poussé la civilisation si loin, et qui tous les jours encore envoie des centaines de jeunes prêtres sur ces plages inconnues pour y porter le flambeau de la vérité en même temps que celui de la civilisation, au prix des privations les plus dures et les plus amères, le plus souvent au prix même de sa vie. Le despotisme des prêtres! mais n'est-ce pas lui qui, depuis son établissement, a fondé les colléges et les hôpitaux, fourni du travail à des milliers d'ouvriers et d'artistes qui élevaient les merveilleuses cathédrales dont le catholicisme a doté l'Europe. Le despotisme des prêtres! mais n'est-ce pas lui qui instruit ces milliers d'enfants en leur apprenant comment ils doivent se conduire. N'est-ce pas lui encore qui ira porter des paroles de paix et de conciliation au milieu d'hommes égarés, et qui sacrifiera sa vie, s'il le faut, pour la paix de ses frères. Encore une fois, sont-ce les faiseurs d'utopies qui ne cherchent qu'à établir l'anarchie en permanence pour s'emparer de l'or et du pour voir, et satisfaire leur cupidité personnelle, unique but de leur ambition.

ALEXANDRE. On dirait vraiment que tu as appris tout cela par cœur.

ERNEST. Il n'est pas nécessaire d'apprendre tout cela par cœur; c'est clair comme le jour : car je ne comprends pas comment on peut dire : A bas la vermine monacale! il faut bien peu la connaître pour parler ainsi, elle qui instruit l'enfant du pauvre, et qui entretient les jeunes orphelins, elle qui visite la pauvre veuve, et qui porte des consolations à ses souffrances, elle qui au milieu des guerres civiles ira porter ses soins à de pauvres blessés, comme nous l'avons vu dernièrement dans ces jours néfastes; elle qui conduit de pauvres voyageurs à travers ces neiges et ces glaces éternelles par des collines escarpées et des sentiers inconnus à l'étranger, qui périrait infailliblement au milieu de ces gouffres, si la charité ne venait à son secours. Du reste, que peuvent faire à qui que ce soit quelques femmes vêtues de noir, ou de gris, ou de blanc, réunies ensemble pour prier Dieu? Que craint-on d'elles ainsi que des prêtres? Qu'elles ne conspirent; oh! pour ça non, il n'y a pas le moindre danger, nous pouvons dormir tranquilles, ils ne viendront pas pendant la nuit troubler notre sommeil, fouiller notre maison et en enlever ce que nous avons de plus cher, et alors que craint-on, je vous le demande?

ALEXANDRE. Mais il ne faut pas regarder à tout cela. Parbleu! je sais bien que si nous nous arrêtons à tout cela, nous resterons toujours ce que nous sommes; ce n'était pas la peine de s'exposer à se faire donner des coups de fusil pour ne rien avoir de plus.

ERNEST. Eh bien, qu'espères-tu donc avoir de plus? Tu veux donc devenir propriétaire à quelque prix que ce soit?

ALEXANDRE. Certainement, et saper entièrement la société, s'il le faut, pour y arriver.

ERNEST. Comment dis-tu? saper entièrement la société; je t'avoue franchement, mais avec peine, que je n'attendais pas de toi une pareille réponse. Mais est-ce qu'elle ne l'a pas été en 1793; eh bien, l'ouvrier était-il plus heureux? Non, évidemment non; au contraire, il ne fut jamais si malheureux que lorsque la société tout entière était frappée jusque dans ses fondements, lorsqu'elle craquait de tous côtés, lorsque des hommes infâmes avaient conspiré sa ruine.

ALEXANDRE. Mais crime et forfait se changent en vertu et devoir, si c'est utile pour y arriver.

ERNEST. Grand Dieu! crime et forfait se changent en vertu et devoir. Voilà bien un langage avec lequel on monte l'esprit des masses, et avec lequel on les pousse à l'insurrection meurtrière, en les enveloppant dans un labyrinthe flatteur et inexplicable, où ils n'ont plus la volonté ni le moyen de suivre un autre chemin; j'espère bien que tu vas changer de langage avant que nous nous quittions.

ALEXANDRE. Il ne faut pas compter là-dessus.

ERNEST. Nous en parlerons plus tard. Pour le moment supposons que tu sois propriétaire, que tu aies une belle maison et de beaux champs, ainsi que tout le monde, car je pense que tout le monde en aura, tu ne voudras pas établir des esclaves sur une terre libre pour cultiver ta propriété; alors nous aurons l'égalité de fortune. Maintenant, qui est-ce qui cultivera la terre? Remarque bien qu'on ne mange pas des maisons ni de l'argent, mais bien du pain. Est-ce toi qui ne connais même pas une charrue, qui ne sais même pas dans quel temps on ensemence la terre, est-ce toi qui iras travailler aux champs avant le lever du soleil jusqu'à près son coucher, supporteras-tu la chaleur du soleil pendant une journée entière, pendant une semaine, pendant plusieurs mois? En définitive, connais-tu la culture? et après cela quand il faudra vendanger, faire du cidre, car j'espère bien que nous ne boirons pas de l'eau comme des canards, dit Ernest en riant, connais-tu tout cela?

ALEXANDRE. Ce n'est pas moi qui ferais cela, je le donnerais à faire.

ERNEST. Tu le donneras à faire, et à qui? Est-ce qu'il y aura quelqu'un qui se trouvera obligé de cultiver ta propriété, quand chacun en aura autant que toi; et si tu trouves quelqu'un qui veuille bien le faire, il faudra nécessairement que tu le payes, car je ne pense pas qu'il se trouve quelques âmes assez désintéressées qui voudront bien le faire pour rien.

Alexandre. Eh bien, je les payerai.

Ernest. Je crois que tu réponds là sans y faire attention; tu dis que tu les payeras?

Alexandre. Oui.

Ernest. J'admets que tu les payes, c'est très-juste, mais en les payant tu établiras l'inégalité de fortune, tu augmenteras la fortune de ton cultivateur et tu diminueras la tienne, si tu ne veux pas t'accoutumer à la cultiver toi-même. Alors l'inégalité de fortune redeviendra ce qu'elle est encore aujourd'hui. Tu vois donc bien que tu réponds là sans y penser.

Alexandre. Ah! c'est vrai, je n'avais pas pensé à tout cela.

Ernest. Mais ce n'est pas tout, il en sera de même pour tous les autres corps d'état; pourras-tu remplir plusieurs sortes de métiers dont tu n'auras jamais reçu aucun principe et qui cependant sont indispensables à la vie et à notre entretien, comme par exemple, d'être boulanger, boucher, épicier, jardinier, cordonnier, tailleur, etc. Pourras-tu faire tout cela? et cependant il faudra pourtant bien que tu le fasses pour vivre et pour t'entretenir; car ton boulanger, boucher, tailleur, etc., seront en droit de te répondre je ne boulange plus, je ne tue plus, je ne travaille plus, j'ai autant que vous à manger, et alors il faudra donc que tu manges ton argent, mais l'argent ne se mange pas.

Alexandre, avec vivacité. Eh bien comment faire?

Ernest. Il me semble que ce serait plutôt à moi de te demander comment faire; car je pensais que pour crier autant que tu le fais tu connaissais un moyen pour te passer de tout cela; moi je n'en connais pas d'autre que de rester comme nous sommes.

Alexandre paraissant être embarrassé.

Ernest. Mais encore ce n'est pas tout : il en sera de même pour les métiers d'art, tels que la peinture, l'ornement, les beaux meubles, les bronzes artistiques, la bijouterie, l'orfévrerie, la carrosserie, la sellerie, la tapisserie, la miroiterie, la reliure, la passementerie, le décors des appartements et des magasins, etc., etc. Sans parler de tout cela, qui n'est pas moins utile à l'homme ou du moins à ses plaisirs, pourras-tu travailler à tout cela? à moins que nous ne laissions cela de côté et que nous retournions à l'état de sauvage.

Alexandre. Il est possible que tu aies raison.

Ernest. Sans doute; tu ne veux pas voir que ce ne sont que des lueurs que te prêchent tous ces faiseurs d'utopies, qui, s'ils pouvaient arriver au pouvoir, commenceraient par renouveler 93. Il y a encore de ces hommes qui rêvent dans leurs cerveaux creux le règne de 93; ils se flattent encore d'y arriver. Mais qu'ils sachent bien que les générations ont vieilli d'un demi-siècle et que nos pères existent encore; qu'ils ont vu aussi de leurs yeux ce que leur a coûté ce prétendu règne de la liberté, où il ne suffisait que de paraître triste pour qu'on vous enlevât à votre famille, pour vous conduire à l'échafaud sans aucune forme de procès. Grand Dieu, qui n'aurait pas été triste en voyant partir pour le supplice un ami, un parent, un frère, un père, une mère? Quel crime avaient-ils donc commis pour être ainsi condamnés à l'échafaud? Hélas! ils avaient paru tristes, et cette tristesse était bien suffisante, et voilà pourtant ce qu'on avait promis à nos pères, comme l'âge d'or et le règne de la liberté; voilà où voudraient encore nous conduire aujourd'hui d'infâmes démagogues; mais qu'ils sachent bien que nos pères ont su mettre dans notre cœur cette haine contre ceux qui, sous le nom de liberté, organisent la tyrannie la plus violente et la plus féroce.

Alexandre, d'un air moqueur. Ah! ah!

Ernest. Il me semble que ce tableau n'a rien de si risible; pas de: Ah! ah! Est-ce la vérité, oui ou non? Si je me trompe dis-le; mais si je dis vrai, aie le courage de l'avouer. Tu sais ce que je te dis, que nous ne nous quitterions pas sans être d'accord ou du moins à peu près, car voici l'heure qui s'avance. Alexandre, subjugué par les paroles et la fermeté que vient de prendre Ernest, répond:

Alexandre. Oui, il y a du vrai..., cependant.

Ernest. Eh bien, aujourd'hui il en existe encore de ces hommes qui osent se faire les apologistes de nos plus fameux révolutionnaires de 93. Je dis révolutionnaires, car ils n'étaient pas républicains, puisque Robespierre, entre autres, soutint toujours pendant toute la session qu'une monarchie était la seule forme de gouvernement qui convînt à un empire aussi grand que la France. Il disait aussi que la république s'était introduite en France, au milieu des cadavres et à l'insu des partis; moi-même, j'ai entendu un de ces hommes rappeler le nom, l'humanité d'un de nos plus grands révolutionnaires (Robespierre), qui a employé tout son talent pour l'élever jusqu'aux nues, s'il avait été possible; mais son nom restera maudit, car il eut le malheur de mourir le jour même que finit la terreur.

Alexandre, toujours d'un air moqueur. Tu devrais te faire avocat, car tu es tout à fait bon défenseur.

Ernest. Il ne s'agit pas d'être bon défenseur; c'est le bon sens qui parle, c'est parce que je vois que tu as été entraîné par de belles paroles, par de beaux écrits que t'ont prêchés tous ces socialistes qui, sous un langage flatteur et hypocrite, cachent le venin qui doit empoisonner tous ceux qui auront eu la faiblesse d'y souscrire; ils savent si bien dans leur langage flatter les masses, caresser les passions, découvrir les plaies les plus vives, pour y poser en guise de baume un poison mortel. Et puis, ils vantent encore avec une jactance inouïe la pureté de leur morale, de leurs intentions; mais en réalité ce ne sont que des fourbes couverts de la livrée de l'honnête homme.

Alexandre. Tu peux être dans le vrai, mais, d'après ton raisonnement, l'ouvrier doit rester ce qu'il est, c'est-à-dire toujours malheureux.

Ernest. Non, ce n'est pas là mon raisonnement; je tiens autant que qui que ce soit à ce que le sort de la classe ouvrière soit amélioré; j'y tiens d'autant plus vivement que je ne serai pas un paria, et j'en aurai sans doute bien ma petite part; mais cette amélioration ne peut avoir lieu du jour au lendemain, elle n'aura lieu qu'autant qu'elle sera basée sur la justice et la vérité, hors de là, tout ne sera encore que chimères. Cette amélioration ne peut se faire que petit à petit en faisant disparaître ces faux préjugés dans lesquels les masses se laissent entraîner. Cette amélioration ne peut se faire non plus dans un moment comme celui que nous traversons, où les fortunes les plus brillantes sont atteintes et menacent de s'engloutir; lorsque tout semble concourir à la ruine de la société, lorsque l'ouvrier lui-même empêche pour ainsi dire que cette amélioration ne suive son cours. (Je ne dis pas que ce soit l'ouvrier honnête et laborieux, loin de ma pensée.) Mais je dis que l'ouvrier et ceux qui se posent comme les premiers républicains de la veille, entravent, arrêtent le progrès de l'amélioration, en même temps tuent la république et la font haïr au lieu de la faire aimer. Ce n'est pas en glorifiant les jours malheureux de notre tempête révolutionnaire, en rappelant des noms que la nation voudrait à jamais pouvoir faire disparaître de ses annales, comme la page la plus lugubre de notre histoire, mais dont le souvenir se retrace toujours devant nos yeux comme un tableau le plus hideux et le plus effrayant; ce n'est pas en criant : A bas le ciel, vive l'enfer, vive Robespierre, vive Marat, vive 93, ce n'est pas en proclamant les maximes les plus alarmantes que le sort de la classe ouvrière pourra être amélioré, et la république respectée : non, au contraire, l'ouvrier qui devrait aider lui-même à faire progresser son amélioration et sans secousses, ainsi que ceux qui se posent en républicains de la veille, qui devraient calmer les esprits par des paroles rassurantes, ne font que les inquiéter par leurs discours et leurs cris, et en même temps font disparaître les capitaux, plongent la société tout entière dans un état d'amortissement, et font par leurs fautes retomber les travailleurs dans la misère, pire qu'ils n'étaient auparavant.

ALEXANDRE. Eh bien, je réfléchirai à tout cela : peut-être partagerai-je ta manière de penser ; cependant il ne faut pas trop y compter, car je crois en être encore fort éloigné.

ERNFST. Moi je suis certain que pour le peu que tu y réfléchisses, tu ne tarderas pas à partager mes sentiments, parce qu'ils sont justes et que les tiens ont été trompés par toutes ces fausses doctrines ; quand tu auras levé le voile qui les couvre, je réponds que nous serons d'accord. D'ailleurs, qu'est-il besoin de tant de paroles ? prenons exemple dans nos familles ; dis-moi si ton père, brave et bon artisan, dont la réputation est si bien établie, si ton père qui a élevé du fruit de son travail une famille nombreuse, ton père qui a toujours su par sa bonté faire le bonheur de ceux qui l'entourent, dis-moi s'il aurait jamais compris les moyens qu'on vante tant aujourd'hui. Penses-tu que sa vieillesse heureuse et sans remords ne soit pas digne d'envie ; eh bien, mon ami, comme je veux jouir du même bonheur, je veux marcher sur ses traces. Crois-moi, c'est encore le mieux.

ALEXANDRE *ému*. Ami, oui, tu as raison. Pauvre père, s'il savait comme je suis loin de l'imiter, quelle serait sa douleur ? Ami, oui, soyons honnêtes, soyons laborieux, et nous aurons la paix du cœur, l'estime des gens de bien, et plus tard des enfants dignes de nous, qui feront la joie de notre vieillesse.

Il y eut entre mes deux personnages un moment de silence, puis je crus entendre qu'ils s'entretenaient non plus de questions politiques, mais d'affaires particulières. Je sortis, et pendant ma promenade, je relus ce que je venais d'écrire. Il me sembla que si Alexandre, cœur bon, honnête, s'était laissé séduire par de faux systèmes, il devait y en avoir un bon nombre qui, trompés comme lui, abandonneraient cette voie funeste, si comme lui ils voyaient leurs erreurs. C'est pour ces derniers que j'ai mis au jour la conversation de ces deux amis.

35

www.ingramcontent.com/pod-product-compliance
Lightning Source LLC
LaVergne TN
LVHW010057060726
842524LV00006B/2247